그래도 그대는 행복하다

그래도 그대는 행복하다

채바다 시집

우리글

행복한 사람을 만나면 내가 행복해진다.

행복한 울음을 보면 나도 따라 그런 눈물을 흘리고 싶다.

행복한 이야기를 들려주는 행복한 사람들을 만나고 싶다.

우리 주위에 그런 일들이 많이 생겨나면 좋겠다.

여기 이 시들은 그런 생각들을 떠올리며 쓴 시들이다.

따뜻하게 읽어 주기 바랄 뿐이다.

2002년 6월
성산포 해풍석림海風石林에서 채바다

많은 바다 가운데 나를 미치게 하는 바다가 있다.

그 바다가 현해탄玄海灘이다.

한반도와 일본 사이에 가로놓인 현해탄玄海灘,

그 이름이 말해주듯이 죽음을 담보로 떠나야 하는 뱃길이다.

그 현해玄海를 찾아,

난파難破된 역사의 유언들을 찾고자

나는 그동안 통나무로 만든 원시배인 '떼배'를 만들어 타고,

세 차례 일본에 다녀왔다.

'일본 고대 역사는 우리의 몸통이다.'라는 역사적 사실을

알고나서부터이다.

수평선을 찾아가는 그 고독한 항해자의 심경心境을

이 시집에서도 나는 노래했다.

글을 쓰고 나면 텅 빈자리들을 여러 곳에서 발견한다.

그 부족한 빈 칸에 채울 일들이

나의 또 다른 숙제로 남는다.

아쉬움이 늘 남는 것은

나의 능력의 한계로 돌릴 수밖에 없다.

이 시집에서도 마찬가지이다.

깊은 애정으로 감싸 읽어주기를 기대할 뿐이다.

이 시들을 쓰는 동안 여러 대상들을 만났다.

그 대상 가운데 하나가 일본이다.

일본을 만난 일에 관하여

많은 사람들과 깊은 이야기를 나누고 싶어졌다.

그동안 우리는 일본을 부정적 시각으로 봐왔다.

인색할 정도로 말이다.

나 자신도 학창 시절을 보내면서 그러했다.

교육을 그렇게 받아 왔다.

그러나 일본을 알고 나서
나는 일본을 긍정적인 시각으로 받아들이게 되었다.
그 이유는 일본이 우리와 동일한 민족이며,
동일한 문화의 뿌리라는, 그 실체 때문이다.

한반도에 자리 잡은 우리 민족은
일본의 야요이 시대부터
가야 원삼국의 건국과 패망의 소용돌이를 거치며
일본으로 민족 대이동을 하게 되었다.

현해탄을 건너는 이 민족 대이동은
천년이 넘는 장구한 세월 속에 지속적으로 이루어졌으며
특히 서기 660년, 백제가 이 땅에서 사라질 때
그 절정에 다다랐다.
망명의 뱃길을 선택할 수밖에 없었던 그들이였지만,
그들은 결국 일본열도의 신세계를 찾아 나선

개척자들이었다.
역사 속에 살아지고 있는 그들과의 만남이
나로서는 내 삶의 필연이라는 생각이 든다.

이러한 만남에 관한 토론을
많은 독자들과 폭 넓게 벌이고 싶은 마음 간절하다.
기대를 저버리지 않기 바란다.

그대도 그대는 행복하다

차 례

:
:

그래도 그대는 행복하다

1 행복한 사람

그대요 그대는 행복하다.

2

나 는 물고기에게 배운다

그래도 그대는 행복하다

3 꽃들은 눈물로 핀다

표류 *4*

1

행복한 사람

시를 쓰는 사람

시를 읽는 사람은
따뜻하다

따뜻한 사람이
시를 쓴다

시를 쓰는 사람이
사랑을 한다

사랑을 하는 사람이
시를 쓴다

시를 쓰는 사람이
목숨을 던진다

목숨을 던지는 사람이
시를 쓴다

어머니의 눈물

어머니 일생은 눈물이었다
반가운 사람 만나도 눈물이었다

어깨를 쓰다듬고 안아 주실 때도
눈물이었다

눈물로 일생을 사신 어머니
어머니 손수건은 눈물이었다

한강을 퍼올렸어도
그만한 눈물 되었을까

어머니 눈물은 진실한 언어
그 눈물이 나를 키웠다

* 1948년 제주 4.3사건으로 어머니는 두 아들을 잃었다.
  그로 인해, 그 슬픔은 나에게까지 이어졌다.

제 1 차 탐험 항해 때 1996년 5월 일본 오도(五島)열도로 6일간
항해한 천년 1호, 현재 서귀포 천지연에 전시되어 있다.

봄이 오는 소리

바위틈에 깨어난
옹달샘 소리

보리밭 파랗게
웃음 짓는 소리

통통배 아침 바다
미끄러지는 소리

옷깃을 붙잡는
저 바람 소리

꽃망울 설레이는
개나리 합창 소리

우리 서로가 따뜻함으로

만남은 인연이라 했어
인연을 운명이라 하지

운명으로 만났으면
만남은 소중한 것

우린 그 소중함을
일깨워 줘야 해

너와 내가 그렇고
온 이웃들이 그래

소중함이란
아끼는 것

아끼는 사람일수록
서로 존중해야 하는 것

서로 존중하며 살고
서로 칭찬하며 살아

칭찬은 할수록 좋아
힘과 용기를 솟아나게 하지

용기를 심어주는 것이
희망을 심어주는 것

우리 희망을 심어주는
따뜻함으로 살아

서로가 넉넉하게
여유로움으로
그렇게 살아

2차 떼배 탐험 천년 2호, 오도 열도를 지나면서…. (1997. 10)

이 봄날에

어제는
봄 내음에 내가 물들고

오늘은
봄비에 내가 젖는다

꽃향기 실려 오는
푸른 3월아

개나리 피어나는
이 봄날에

내 영혼을 찾듯이
온 밤 내내
너를 찾는다

꽃씨 하나

순정은 티 하나 없이
내 혈관 속
맥박으로 뛰더이다

아침 이슬로
피어난 꽃잎 하나

그 피고 진 꽃잎 자리에
떨어진 꽃씨 하나

그것이 온 가슴에
이토록 번질 줄이야

나는 매일 등대로 간다

보고 싶은 사람 있으면
나는 등대로 간다
등대에 가서 그 사람을 만난다

그 사람이 수평선에 있다
어제는 그 사람이 섬이었다가
오늘은 파도로 출렁인다

섬으로 다가서다가
파도로 밀려오는 사람
그 사람이 수평선에 있다

나는 매일 등대로 간다
등대로 가서 그 사람을 만난다
수평선으로 서 있는 사람

수평선으로 서 있는 사람이
오늘 별 하나로 떠 있다
그 별을 만나러 나는 등대로 간다

가슴에 피는 꽃

꽃밭에 피는 꽃은
향기로 피더니만

가슴속에 피는 꽃은
사랑으로 번지더라

떼배 탐험 2차 항해 천년 2호.
오도 열도를 지나 규슈 본토로 항하고 있다.(1997. 10)

님 생각에

산자락 물자락 굽이도는청산*靑山아
길 떠난 나그네 구름 가듯 떠난다
석양에 젖어드는 님 생각은
파도에도 못 씻어 가슴 아파라

* 청산靑山: 성산포 일출봉 옛 이름

그리움 때문에

밤은 열사흘 밤
비가 내립니다

구름은
달을 비켜 가고
그 사이로
비가 내립니다

비 내리는 밤에
달을 향해
화살 하나 쏘았습니다

그리움의
화살 하나

아침 바다를 보면

아침 바다를 보면
내 마음 출렁이네

님이 오시려나
님 소식 있으려나

기다리는 마음은
언제나 설레인다

그리움이 기다림이듯
아침 바다에 오면
기다림 뿐

그 기다림
수평선으로 떠간다

행복한 사람

'사랑합니다'
말 한마디 할 사람 있으면
그 사람 행복하다

'만나고 싶습니다'
만날 사람 하나 있으면
그 사람 행복하다

'그립습니다'
그리운 사람 하나 있으면
그 사람 행복하다

그 사람을 위해
엽서 한 장 띄울 곳 있으면
그 사람 행복하다

하늘에 별들 많아도
그 별들은
그 말을 못하고 산다

사랑의 언어

바다의 언어가 파도라면
하늘의 언어는 구름이다

사랑의 언어가 미소라면
사랑의 약속은 눈물이다

천생연분 天生緣分

사랑 하는가

사랑
한다면

천 번
고백하고

천 번
기도하라

수평선은 도망만 가네….

혼자 있으면

파란 하늘에
떠가는 구름 없으면
그 하늘 텅 비어 있듯이

수평선에
섬 하나 보이지 않으면
그 바다 외롭듯이

숲 속에
새소리 없으면
적막감이 감돌듯이

파도 위를 나는 갈매기 없으면
누굴
벗 삼아야 하나

우리 가슴에 촛불 하나를 켜요

당신 앞에
촛불 하나를
이런 마음으로 밝힙니다

기도의 마음으로
감사의 마음으로
사랑의 마음으로
은혜의 마음으로
축복의 마음으로

이 마음
따뜻하게 받아 주옵소서

2

나는 물고기에게 배운다

무궁화 꽃이 없습니다

무궁화꽃이 없습니다
나라꽃이 없습니다

어디에도 피어 있어야 할
무궁화가 없습니다

가슴마다 피어 있어야 할
무궁화가 없습니다

동해에도 없고
서해, 남해에도 없습니다

시골 마을에도 없고
종로 네거리에도 없습니다

이 땅에 함께 살아야 할
무궁화 꽃이 없습니다
무궁화가 없습니다

자신감을 가져라

자신감은 의욕을 낳고
의욕은 자신감을 키운다

자신감에 불타 올라라
자신감에 넘쳐나라

골을 향해 축구공을 넣지만
모두 성공하는 것은 아니다

실패를 두려워 말라
열정을 쏟고 또 쏟아라

도전은 모험이다
모험을 쌓아라

모험심 없이
어찌 도전을 하겠느냐

모험은 개척정신
안이한 생각을 버려라

개척자가
신세계를 찾는다

지금 우리는

지금 우리는
미워할 때가 아닙니다

미워하는 일은 지워 버려요
미워하는 일은 잊기로 해요

사랑을 키우고
사랑하는 일에만 매진해요

사랑할 시간도 부족한데
미워할 시간이
어디 있어요

세상도 그렇고
우리도 그래요

사랑은 믿음이예요
사랑은 기도랍니다

지금 우리는
사랑할 때입니다

나는 물고기에게 배운다

바다 물밑으로 가본다
수심계가
나의 바다 속 위치를 알려준다

5미터, 10미터, 20미터에서 만나는
수만 마리 어린 물고기떼
한순간 마다 벌어지는
시위와 행렬

종이 한 장 사이보다 더 좁은 거리
비늘 하나 건들지 않는
놀라운 질서
지상에 초대하고 싶다

2차 떼배 탐험 천년 2호.
나가사키항에 입항하며 일본 해상보안청의 안내를 받고 있다.
(1997. 5)

아침 나라, 아침 민족에게

아침을 사랑한 민족이여
아침의 나라 겨레여

새로운 도전에 당당히 맞서
새로운 용기와 지혜로
세계를 향해 뛰어 나가자

아침을 노래한
민족답게
정의와 평화를 외친
겨레답게

홍익인간의 깨우침이
우리의 혈관속으로
흐르게 하자

아침을 사랑한 민족이여
모두 동방의 횃불이 되어
겨레의 가슴속에
빛을 밝혀 가자

연습이 필요하다

살아가는 것은
연습이다
연습 아닌 삶이 없다

연습은 준비다
준비 없는 삶이 없다

준비를 위해 연습이 있다
살아가는 것은
일평생 연습

연습으로 살다 가는 것이
사람이다

살아가는 과정도 연습
살아가는 결과도 연습

연습은 실전實展이다
살아가는 일생이
연습이다

해녀 아리랑

해녀의 숨비* 소리
물살에 떠 간다

전복 따는 호미자락에
시름은 고이는데

짊어진 망태 속엔
아픈 세월뿐이라네

파도에 지친 몸둥아리
눈물로 말리며

밤이면 마른 가슴
날빛에 적시누나

*숨비: 해녀가 물속에서 숨을 멈추었다가 물 위로 올라오
면서 내쉬는 휘파람 소리

2차 항해중에 수평선을 붙잡고 서 있다.

관탈섬 冠脫島

가진 것 없이 오너라
빈 몸으로 오너라

입었던 옷을 훌렁
벗어 던지고 오너라
훌훌 털어버리고 오너라

무슨 미련 있겠느냐
마음은 비울수록
하늘을 닮아간다

* 관탈섬 : 거문도와 제주 사이에 있는 작은 무인도.
  대관탈, 소관탈 2개의 섬이 있다. 목포, 완도에서
  뱃길로 제주에 올 때 이곳을 지나게 된다.

자살 절벽suicide cliff

미국의 함포 사격으로
불바다가 된 사이판

미군이 일본군을 향해
항복을 요구했던 섬

태평양이 침몰해도
일본은 침몰할 수 없다던 이 곳

비겁한 항복보다
최후의 자살을 선택한 그들
'천황 폐하 만세'를 외치며
태평양을 향해 몸을 던진 그들

미국이
태평양을 정복할 수는 있었지만
그들의 정신은
결코 정복할 수 없었던 이 곳

그때 그 피맺힌 절규가 지금까지
사이판을 떠돌고 있다

이들 전사들을
일본은
'신의 아들' 이라 부르고 있다

* 자살절벽: 사이판 남단에 위치한 높이 249 m 해안 절벽.
  1944년 2차 세계대전 당시, 미국의 공격을 받은 일본군이
  항복을 거절하고 끝까지 항전하다 자살로 전쟁을 마감한
  마지막 항쟁지.

사람과 감나무

감나무에
감꽃 피고

그 가지에
감이 열리고

열린 감이
떨어지고

떨어지다
남은
홍시 하나

사람과
무엇이 다르랴

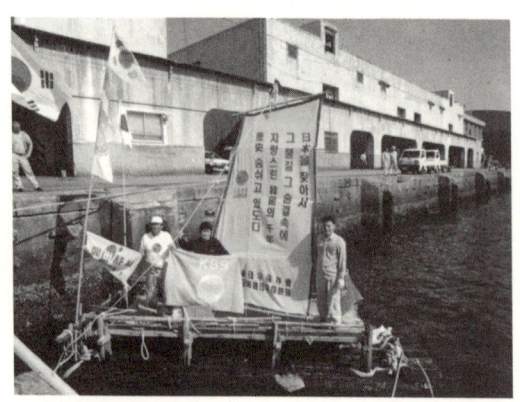

1차 떼배 탐험(천년1호)
일본 나기사키항 외국인 전용 부두 도착(1996. 5)

비자림榧子林으로 가라

비자림으로 가라
오백년, 천년을 살아온 나무

그 나무들의 푸른 숨소리에
내 숨소리마저 푸르러진다

나무는 정직해서
푸르고 곧게 서 있는 것

하늘을 향해 부끄럼 없는
나무의 진리가 거기 있다

부처는 보리수 아래서 깨닫고
나는 비자나무 아래서 깨닫는다

가을 편지

가을에는
편지가 기다려진다
단풍잎에 써내려간 편지

그 가을 편지가
기다려진다

가지마다
붉게 떨어지는 사연

그 사연들이 강물 따라
바람은 밟고 간다
어떤 편지일까

시월

시월은 가고 있다
가을을 두고
가고 있다

떠나는 가을 앞에
포도주 한잔

포도주가 붉게 보인다
시월도 따라 붉어진다

시월은 가는데
추억도 붉어지는 계절

붉어지는 추억이 스친다
그 추억이 가고 있다

아름다운 시월을 위해
축배를 들자
떠나는 것이
어찌 시월 뿐이랴

용서하라

용서하라
용서하는 사람이
사람이다

사람이
사람을 용서한다

눈물이여 기쁨이여
죽음이여 삶이여

상처여 분노여
온갖 앙갚음이여

용서하라
용서하는 사람이
사람이다

친구여

어제 불던 바람
초록에
쉬어 가더니

오늘 부는 바람
갈잎에 떠가네

봄, 가을은
가고 오는 것
맴돌다
다시 돌아오는 것

친구여
쉬지 말고
변치 말게나

그리고
사랑하는 일 잊지 말게나

2차 떼배 탐험 때, 천년 2호를 타고 일본으로
가고 있다.

3

꽃들은 눈물로 핀다

꿈은

꿈은 접는 것이 아니다

비오는 날
우산을 펴 들듯
활짝 펴는 것이란다

꿈은 접는 것이 아니다

화창한 봄날
꽃봉오리 피어나듯
활짝 피어나는 것이란다

꿈은 접는 것이 아니다

날개를 달고
높은 하늘로 멀리
멀리 날아가는 것

아침 해 바라보니

일출봉*에서
아침 해를 바라보니

내 혈관속에
동해가 있고

태평양이
출렁인다

*일출봉: 제주 성산포에 위치하고 있으며, 99개 봉우리로
되어 있으며, 해뜨는 광경이 한국 제일로 손꼽을 만한 곳
이다.

산과 강물

산은
강물을 지키고

강물은
산을 지키고

나는
누굴 지키나

그 사람들 있습니까

광주光州 사람 맞습니까

그 때, 그 골목 헤어지며
부둥켜 안고
'안녕' 이라는 말
그 말을 했던
그 사람들 맞습니까

김석원 갤러리*에서 다 함께
시詩를 읽고
시詩에 취해
어쩔 줄 몰라 좋아라 했던

그 사람들 맞습니까
시詩를 닮은 사람들
그 사람들 광주에 있습니까

그 사람들
아직도 만날 수 있습니까

광주光州에 가면
그 사람들 만날 수 있습니까

＊김석원 갤러리: 광주 북동에 자리한 가구점으로, 가구점
주인인 김석원 씨의 신혼여행길에 여러 시인들과 함께 성
산포 일출봉에서 만나게 되었다.
이런 인연으로 2001년 4월 7일 '영암 왕인박사 문화 이동
뱃길 탐사길'을 떠나기 전, 그가 광주에 있는 여러 시인
음악가 예술인들과 함께 항해의 성공을 위한 환송 시낭송
회를 마련해 주었다.

꽃들은 눈물로 핀다

꽃들은
눈물로 핀다

눈물로 피지 않은 꽃
어디 있으랴

민들레 솜다리 엉겅퀴
구절초 수선화 동백꽃
모두 눈물로 피어난다

아이들은
눈물로 큰다

꽃같은 그 아이
눈물이 곱다

감자꽃이 피고 있어요

어머니,
감자꽃이 피고 있어요

하얗게 피고 있어요
구름도 하얗게 피고

어머니 생각도 하얗게
피고 있어요

어머니,
어머니 계신 나라에도 지금
감자꽃이
하얗게 피고 있습니까

2차 항해 때 파도에 떠가며 바람에 밀리며
가고 있다.

파도와 바위섬

파도는 바위섬을 향해
자살을
시도하고

바위는 파도를 향해
혁명을
꿈꾼다

21세기 전쟁 선언

그 흘린 피를 향해
쫓아가고

그 흘린 피를 위해
도망가고

전쟁은 끝났다 하면서도
전쟁은 또
시작이다

사람이
사람을
죽이고 있다

날아가는 새에게도
총질을 못하는데

사람이 사람을 향해
총질을 한다

대한 사람 대한으로…

대한 사람
대한으로 살자

대한 사람
대한으로 크게 살자

큰 생각으로 살자
큰 행동으로 살자

대한 사람
대한으로 살다 가자
대한으로 살다 가자

백두산 민족답게
살다 가자
백두산이 보란 듯이
살다 가자

알 수 없는 일

파키스탄 하늘에
터지는 폭탄

그 뉴스를 보고
가슴이 찢어진다
죽어가는 아이들
차마 눈뜨고 못 보겠다

폭탄에 맞아
팔 다리 잘린 아이들

어른들이야 그렇다 치자
저 아이들이
무슨 죄인가

전쟁은 어른이 하는데
아이들은 왜 죽이나

저 아이들이 죽어가듯
나도 죽어간다

천년 2호

그 아랫목

눈 내리는 밤
화롯불에 고구마 묻어놓고

호롱불 심지는
다 타들어 가는데

어머니 마실 갔다
밤길 돌아오면

아랫목에 형제들
발 오므리고 추위 녹이며

방 한구석에서
담요 한 장 같이 뒤집어 쓰고 있던

콩나물시루
내 어린 시절 그 아랫목
생각이 나네

혼자서

밤새 귀뚜라미 우는 소리에
한시도
깊은 잠 못 이루었네

창가에 비친 별빛을 안고
혼자 밤하늘을 헤매었다네
혼자서

누가 사람을 죽이는가

문명은 보복이 아니다
문명은 전쟁이 아니다
문명은 충돌도 아니다

문명은 평화
문명은 생명
문명은 만남

사람이 문명이다
문명이 사람이다

누가 사람을 죽이는가
누가 문명을 죽이는가
누가 보복을 선언하는가

제 놈들은 살아남고
어느 놈은 죽어가고

이거 될 말인가

2차 떼배 탐험. 바람은 간데온데 없어 노를 저어 가고 있다.

원하지 않는 전쟁

21세기
최초의 전쟁으로 기록된다

150만 명의 피난민
국경선으로 떠나가고 있다

국경선이라 하지만
국경선도 가난에 허기져 있다

가고 싶지 않는 길
그들이 가고 있다

평화는 실종되고
전쟁은 불을 뿜고 있다

또 얼마나 죽어 갈 것인가
지구는 영원한 화약고인가

아.프.가.니.스.탄

어제는 뉴욕이 울더니
오늘은 아프칸이 울고 있다

지구는 울어야 숨통이 터지는가
평화를 앞세운 전쟁
전쟁을 앞세운 평화

이것은 평화도 아니고
전쟁도 아니다

사람이 죽고 나면
죽은.사람이
평화를 어찌 아는가

산 자도 평화를 모르고 사는데

피를 흘려야 평화가 오는가
평화는 피를 불러야 하는가

2차 떼배 탐험,
사방에 보이는 것은 수평선 뿐이다.

* 2001.10.8. 아침 미.영. 아프가니스탄 공습 뉴스를 보고

낙엽 지는데

산 빛
노을빛에
젖어가는 계절아

들판은
하얀 억새의 노래

바람 한 점마저
사랑해야 할 오후

떠가는 구름도 붙들고 싶구나
어느 것 하나 놓칠 수 없구나

낙엽은 하나 둘 지고 있는데
산 노을이 붉게
멀어져만 가네

2차 탐험 때, 출항에 앞서 점검을 하고 있다.

천사를 생각하며

하느님,
저에게도
날개를 달아 주십시오

하늘에 가서라도
달아 주십시오

저도
천사가
되고 싶습니다

들꽃들은

오름*에 가면
홀로 핀 들꽃들

나는
들꽃을 보며 '외롭겠다' 고
위로 하는데

들꽃은
나더러 '외롭겠다' 고 한다

위로 받을 것은
들꽃들인데

이 녀석들이
나를 더 위로하다니

*오름 : 제주에는 한라산을 중심으로 화산 폭발로 생긴 360
개가 넘는 무덤 모양의 낮은 산이 있는데, 이를 오름이라
한다.

달이 지고 나면

달이 진다고 해도
별들에게 하늘을
맡겨 놓을 수는 없습니다

그대 향한 그리움
별들이
다 채워줄 수 없기 때문입니다

1차 떼배 탐험길(1997. 5)

3부 ▪ 꿈들은 눈물로 핀다

나는 아직도

'아직도
너는 철없는 아이다'
어머니 말씀

이 꼬리표를 떼어야 할텐데
아직도
달고 다닌다 나는

표류

아침을 찾아간 민족이여

아침을 향해
동쪽으로 노 저어간 민족아

아스카* 문화를 일으켜 낸
백제의 후예들이여

그대들은 한반도 백의민족
조선의 핏줄이어라

일찌기 사라진 백제여, 가야여
일본은 누구란 말인가

* 아스카문화: 일본 나라현 아스카 지방에서 추고推故천황이
  (서기 592년-645년 제위) 고대 한국의 문화를 본격적으로
  들여와 꽃 피운 일본 문화로, 추고천황은 대표적인 백제계
  여왕으로 알려진 인물이다.

내가 떠나는 길

내가 떠나는 길은
언제나 폭풍의 뱃길

그 망망한 바다 한가운데
뜬 눈으로 밤을 새운다

나를 삼킬 듯
덤벼드는 파도

처절한 생生과
사死를 오가는 싸움터

한 순간
좌절과 절망

죽음의 뱃길 알면서
현해탄으로 왜 가는가

살아 돌아가서 증언하는
일만 남았을 뿐이다

제 2차 항해 때 오도 열도 다이호항 임시 입항. (1997. 10)

나는 왜 일본으로 가는가

누가 떠나라고 떠미는 것도 아닌데
쫓기는 도망자도 아닌데
몰래 숨어가는 밀항자도 아닌데

비행기를 타고
고속 여객선을 타도
부산에서 한 시간
두 시간이면 타고 가는데

일주일 열흘 걸리며
통나무로 엮은 뗏배를 만들어 타고
죽을 고생 다하며 나는 왜 가는가

알게 돼
곧 알게 될 거야
내가 일본에 미쳐
가는 것을 알게 될 거야

미치는 것도 아무나 미치는 게 아니야
미치려면 확실히 미쳐야겠어
미친 소리를
미치게 들어야겠어

고대 일본의 뿌리를 알면 미치게 돼
역사를 파고 문화를 파고들면
우리와 만나는 것을 알게 돼

역사 왜곡에 흥분할 게 아니야
신사참배에 분노할 게 못돼
역사는 넓게 보고 크게 생각해야 돼

보는 눈이 너무 좁고
너무 작아
역사에 자신감을 잃고 있어
역사에 패배감을 갖고 있어

이 벽을 허물고 깨고 부숴야 해
과거는 교훈이야
침략의 아픔 식민지 설움
이것에만 매어 있지 마

새롭게 태어나야 해
새롭게 시작해야 해

새집을 지으려면 묵은 집은 헐어내야 해
새로운 생각이 필요해
손을 내밀면 뿌리칠 것이 아니라
손을 잡아야 해

젓가락 문화로
된장을 담고 간장을 먹는 민족임을
서로 인정하고 존중할 줄 알아야 해
욕하면 끌어안을 줄도 알아야해

영국에서 건너간 청교도들이
미국의 개척시대를 열어
오늘날 미국이 되듯이

조선 사람들이 현해탄을 넘어
일본으로 건너가 일본이 된 거야
유전자 감식으로
이 사실은 확인된 거야

일본은 우리 민족의 뿌리를 가지고 있어
민족이란 핏줄을 말하는 거야

이런 틀에서 일본을 만나고
일본을 비판해야 해
서로 존중하는 것은 중요한 발전이야
이것이 두 나라가
당당히 걸어가야 할 길이야

천년 2호를 타고 가다, 전날 밤에 강한 돌풍을 만나 일본 오도 열
도에 임시 기항 했을 때.(1997. 10)

바람은 나에게 목숨이다

일본으로 항해할 때면

바람은 나에게 돛이다

바람은 나에게 날개다

바람은 나에게 길이다

바람은 나에게 생명이다

내가 떠나는 길

내가 떠나는 길은
언제나 폭풍의 뱃길

망망한 바다에서
수 천, 수 만 번
생사의 갈림길

죽음의 빛깔도 파도를 닮아
검고 푸르렀다

신념과 의지의 돛을 올리듯
하나뿐인 죽음 아끼려고 한다
다음 뱃길를 위해

2차 항해 때 높은 파도를 넘으며 강한 바람을 만나, 돛을 올리지
못하고 있다.(1997. 10)

노 저어가며

저 멀리 수평선
떠가는 조각배
출렁이는 파도 따라
노 저어간다

파란 물결 헤치며
잘도 떠 간다

저 멀리 보이는
작은 섬 하나
날아드는 갈매기 벗 삼아

파도와 씨름하며
잘도 떠 간다

언제면 저 섬에
내가 닿으리

선조의 뱃길
언제 만나리

노 저으며 가는 뱃길
잘도 떠 간다

2차 떼배 탐험, 바람이 불지 않아 노를
저어 가고 있다.

우리가 일본을 아는 것은

일본을 아는 것은
우리 역사를
찾아가는 길이야

그 역사의 깊은 뿌리가
우리라는 것을 알게 돼

36년 식민지 시대 하나로
조선 5천년 역사를
묻어놓고 있어

일본의 역사 왜곡만 비난할 뿐이지
우리 자신의 왜곡은
말이 없어

일본을 아는 것은
우리를 아는 길이야

일본 속에는 우리 얼굴이 있고
우리 핏줄이 흘러

옛 무덤을 파보면
우리 옛 것들이
살아 있듯 숨쉬고 있어

고스란히 보물로 있어
무덤은 거짓말을 못해

역사와 문화는
그 민족의 자존심이야
그 민족 얼이고
정신이야

호주나 뉴질랜드가
5백년 전 태평양을 건너

백인들이 찾아간
개척의 땅이었다면

일본은 3천년 전부터
우리 민족이 현해탄을 건너
동쪽을 찾아 떠난
개척의 땅이야

표류

나의 뱃길은
표류해서 가지만

역사는 결코
표류해서는
안 된다

어머니의 수평선

나는 아버지 무덤에서
어머니를 부른다

아버지 무덤은
산에 있고
어머니 무덤은
바다에 있다

오늘은
산에 묻힌 아버지보다
바다에 묻힌 어머니가
더 보고 싶다

수평선에서
잠들고 계신 어머니
그 어머니 생각하면 눈물이 난다

수평선에 묻히신 어머니
내가 수평선 따라
노 저어 갈 때마다
따라 오신다

아들아 뱃길 조심하거라

수평선을 따라오시는 어머니
수평선을 붙들고
놓아주지 않는다

2차 항해 때 동쪽 일본을 찾아 가고
있다.

현해탄玄海灘과 나

이것은 숙명이다
만나는 그 자체부터 숙명이다
하늘이 맺어 주지 않고는
도저히 만날 수 없는
숙명이다

숙명은 소홀히 떼어 놓을 수 없다
누가 붙여 놓는다고
붙는 것이 아니요
누가 갈라놓는다고
떨어지는 것이 아니다

이렇게 만났다
현해탄과 나는
숙명으로 만났다

숙명이란
함께 살고

함께 죽을 수 있어야 하는 것
현해탄과 함께
나는 죽는다
그 신념으로
현해탄을 찾는다

방파제防波堤에 나가서

방파제에서
낚시를 던졌다

고기는
물지 않고

하루 종일
파도만 낚았다

그래도
그대는 행복하다·

지은이 채바다

펴낸이 김소양

편집 디자인 노지희

펴낸 곳 도서출판 우리글

첫번째 찍은 날 2002년 7월 1일

등록 서울 03-01074호

주소 서울시 서초구 양재2동 265-2호

연락처 전화 02-501-6908 / **팩스** 02-501-6904

평생번호 전화 050-2515-2515 / **팩스** 050-2515-2516

http//www.wrigle.com

e-mail wrigle@korea.com

값 5,500원

ISBN   89-89376-13-0